Départ du Paon pour l'Immortalité.

Hommage au Journal de l'Empire ?.

(Extrait d'Erasme)

FOLLICULI,

OU

LES FAISEURS DE RÉPUTATIONS,

SATIRE enrichie de Notes, de Citations, de Fragmens
de Lettres, etc., etc.

Par A. J. B. Bouvet.

A ces oracles suprêmes,
Bonnes gens, soyez soumis!.....
Nul n'aura d'esprit qu'eux-mêmes;
Ils n'ont point d'autres amis.

CHÉNIER.

A PARIS,

Chez J. L. GOEURY, Libraire, quai des Augustins, n° 41;
Et chez les Marchands de Nouveautés.

1813.

DE L'IMPRIMERIE DE BRASSEUR AINÉ.

AVANT-PROPOS.

J'AVAIS résolu de quitter pour toujours la plume polémique; mais une coterie, opprobre de la littérature, et dont M. Etienne est le chef, me force à la reprendre : c'est bien malgré moi, je l'avoue; que faire cependant? Habitué à n'insulter personne, je ne souffre jamais qu'on m'insulte impunément.

> Muse, d'un trait piquant anime ma satire;
> De tes vives couleurs embellis mes tableaux;
> Un instant avec moi ris aux dépens des sots :
> Quand on parle d'Étienne (1) il est permis de rire.

---

(1) Est-ce que le Robespierre de la littérature n'aura pas son Tallien? Est-ce qu'on craindra long-temps encore de le traiter en face, et comme il le mérite, parce qu'on le dit riche, qu'il donne des dîners, et qu'il ne travaille plus pour un louis par feuille (20 s. la page) à l'Histoire du Théâtre-Français, restée tout entière dans le magasin de Barba?

Non stupeo ob natum, non timeo ipse patrem.

Hommes de lettres, vous craindriez le geai couvert des

Entrons en matière; et d'abord, l'Encyclopédie et le Dictionnaire de l'Académie à la main, définissons ce qu'est le libelle, le pamphlet, la satire.

« Le libelle, écrit injurieux, est un livre manuscrit

---

plumes du paon! Soufflez, sifflez, soufflez, et vous aurez devant les yeux le spectacle de la plus honteuse nudité.

Charleval, Anseaume dans son opéra de Cendrillon en 3 actes, la comédie de Conaxa s'élèvent contre lui. Rien ne peut l'absoudre, pas même l'imprimeur Michaud, qui a répandu dans les départemens des exemplaires de Conaxa dans lesquels on lit que cette comédie a été imprimée à Rennes, chez Vatar. Voilà certes un mensonge bien officieux, et qui a passé dans les provinces qui ont cru que Conaxa avait été jadis imprimé, et que M. Étienne avait pu le consulter, comme il a consulté Piron et *le Faux Philosophe* d'un jeune homme trop modeste dont il a pris et gâté les vers dans sa prétendue peinture des mœurs du *temps*. Mais alors le temps présent était gros de l'avenir,

> Et l'imprimeur Michaud, moderne Cicéron,
> Parlait, parlait, parlait, et se faisait un nom;
> Même dans les journaux soumis à sa puissance
> Insérait les extraits de sa vaste éloquence.

6 *Janvier* 1813.

AU RÉDACTEUR DU JOURNAL DE PARIS.

Monsieur,

Vous avez annoncé comme étant à l'étude une comédie en cinq actes et en vers de M. Étienne. Sa pièce a pour titre : *L'Intrigante*. Puisse-t-elle réussir, et prouver enfin que ce comique auteur a retrempé sa réputation si fortement émoussée par de nombreux plagiats ! Le titre des *Deux Gendres* ne lui

« ou imprimé, fait et répandu dans le public, exprès
« pour attaquer l'honneur ou la réputation de quel-
« qu'un. » (*Encyclop.*)

« Le pamphlet est un mot anglais qui s'emploie

---

appartient pas, et celui de *l'Intrigante* peut être réclamé par
un auteur qui vit encore. Je lis dans les *Siècles Littéraires
de la France* : « Chabeaussière (Ange-Étienne-Xavier la) est
« auteur des ouvrages suivans.... » Vient une très longue liste
dans laquelle on trouve : *L'Intrigante*, comédie en cinq actes,
en vers, reçue en 1776.

D'après le tableau des mœurs modernes, pris par M. Étienne
dans *le Faux Philosophe* de M. Laverpillière, lu aux Français;
d'après les couplets dérobés à Charleval dans *une Journée à
Paris*, il n'est pas inutile de prévenir le public sur l'existence
de *l'Intrigante*, reçue en 1776, si l'on peut s'en rapporter à
M. Desessarts, t. 2, l. C., pag. 56, deuxième colonne, ligne 14.

J'ai l'honneur de vous saluer.

A. J. B. BOUVET.

Je ne puis insérer la lettre de M. Bouvet; le Journal de Paris
ne se mêle point des querelles personnelles. M. Étienne a
beaucoup de talent, et cela devrait suffire pour imposer silence
à ses ennemis. Les plagiats qu'on lui reproche dans *les Deux
Gendres* sont un reproche ridicule, et je ne doute point qu'il
n'en soit de même pour les nouvelles accusations dont vous
me parlez. Je suis d'autant plus fâché de tout cela qu'avec les
connaissances que vous avez, et les fonctions que vous rem-
plissez, vous devriez aimer le repos. (*)

J'ai l'honneur de vous saluer,

A M. Bouvet.   A. JAY.

(*) Du *repos* !..... Peut-il, doit-il en être pour l'honnête homme quand
l'intrigue triomphe ! Des *fonctions* !...... Je comprends M. Jay. Plaisante
tactique ! tour de vieille guerre ! C'est la nuit seule, Monsieur, et quand tout
le monde dort, que je me moque des sots.

« quelquefois dans notre langue et qui signifie *bro-*
« *chure.* » (*Dictionn. de l'Acad.*)

« La satire est un ouvrage en *prose* ou en *vers ,*
« fait pour *reprendre,* pour *censurer* les vices, les
« passions déréglées, les sottises, les impertinences
« des hommes, ou pour les *tourner* en ridicule. »
(*Dictionn. de l'Acad.*)

Or, je le demande à la France entière, qui mérite plus d'être *repris, censuré* et *tourné* en ridicule que le Journal de l'Empire, asile du faux,
du mensonge et de la calomnie ?

« *Faux,* ce qui est supposé ou altéré contre la
« bonne foi. » (*Dictionn. de l'Acad.*)

« *Mensonge,* discours avancé contre la vérité avec
« dessein de tromper. » (*Dictionn. de l'Acad.*)

« *Calomnie,* fausse imputation qui blesse la répu-
« tation ou l'honneur. » (*Dictionn. de l'Acad.*)

Dussault ! Dussault ! relis tes articles..... Ce que
je viens de transcrire est-il un cercle vicieux ?

PRÉFACE.

Sɪ l'auteur des Géorgiques et de l'Enéide eût été ravi aux Muses qu'il honora, aux nombreux amis qui le pleurèrent, au prince dont il fit la gloire, *avant la publication des Bucoliques,* cet ouvrage, ᴅᴇᴄʟᴀʀᴇ́ ᴘᴏsᴛʜᴜᴍᴇ, n'aurait donc jamais vu le jour et charmé la postérité, parce que les Bavius et les Mævius, les Filistus et les Bathille de Rome, que Virgile offre, et avec raison, à la risée publique, auraient trouvé le moyen d'empêcher la publication d'un ouvrage dont Virgile toutefois avait eu la précaution de laisser circuler des copies.

Ce que je dis de Virgile et de ses Bucoliques, je le dis de feu Luce de Lancival, et de son *Folliculus* ou *la Raison vengée,* poëme inédit selon les journaux, mais connu de tout le monde.

La note *infâme* où l'on traite de libelle *infâme* cette œuvre du génie doit exciter l'indignation des véritables amis des lettres (1), et l'on ne voit pas

_____

(1) Cette note est du libraire Dentu. A propos du libraire Dentu, je dois dire qu'il ne m'a proposé aucun argent pour faire la *Stéphanéide* et les *Gouttes d'Hoffmann;* j'ai écrit pour m'amuser et de mon propre mouvement. Je sais que l'an passé

sans surprise que M. Damaze de Rodomont, qui se fait annoncer dans la *Collection des Auteurs classiques* comme le futur commentateur des Géorgiques, ose, et de son autorité privée, déclarer *Folliculus* indigne du talent et du caractère de son auteur (1).

O Luce! trop tôt ravi aux lettres, à l'auguste emploi qui faisait ton bonheur et celui de tes élèves, je ne les oublierai jamais ces vers sublimes où tu peins ta belle âme, les nobles sentimens qui t'animèrent, et surtout ton amour pour le grand homme qui gouverne la patrie !

Je n'essaierai point aujourd'hui, pour prouver ce que j'avance, de tracer le plan, de faire l'analise fidèle, et de contraindre ma mémoire à rappeler tous les vers de Folliculus ; quelques citations suffisent pour faire apprécier le mérite de Luce, et confondre ses intéressés détracteurs.

Le poëme commence ainsi :

Muse, sifflons un sot qui siffle tout le monde :

Ce sot c'est M. Geoffroi.

---

on fit courir le bruit que ma plume était vénale ; M. Riboutté, que je ne connais pas, en a parlé dans la préface de son *Ministre Anglais*. Loin d'avoir reçu de l'argent de M. Dentu, je ne puis pas même en obtenir de compte. M. Dentu m'a donné deux rendez-vous, et ne s'y est pas trouvé. Avis aux auteurs : avec M. Dentu il faut des écrits, et des écrits sur papier timbré, sans cela des procès. Cet homme a trompé ma bonne foi ; il nie jusqu'à l'existence de ses déclarations à la Direction de l'imprimerie et de la librairie.

(1) Journal de l'Empire, 15 novembre 1812, 5ᵉ Lettre critique.

Et toi qui de Python poursuis la race immonde,
Apollon prends ton arc aux reptiles fatal,
Et replonge le monstre en son bourbier natal.

Éloge de Voltaire. — L'auteur revient à M. Geoffroi.

Mais qu'un pédant sans titre, en despote insolent,
Prétende gouverner l'empire du talent,
Seul ouvrir, seul fermer le temple de mémoire,
Et, *vivant de mépris*, distribuer la gloire,
Un pareil joug révolte et ne peut que flétrir!
C'est l'avoir mérité qu'avoir pu le souffrir;
Pour en sentir l'opprobre, il est temps qu'on apprenne
Quel est ce roi des arts dont la voix souveraine
Prononce au nom du goût ses burlesques arrêts;
Soit frayeur, soit dédain, quand tous restent muets,
Je suis l'humble roseau qui par un libre organe
Vous dis : Le roi Midas a des oreilles d'âne.

Luce promet d'être vrai, il tient parole :

Nous renaissions ; Brumaire avait sauvé la France,
Et, des plus beaux destins nous offrant l'espérance,
D'un peuple détrompé l'heureux libérateur
Déroulait à nos yeux son plan réparateur;
La raison triomphait, lorsqu'un monstre sauvage
Que l'orgueil enfanta, que nourrit l'esclavage,
Contre tous les talens toujours prêt à s'armer,
La Barbarie enfin, puisqu'il faut la nommer.
. . . .
Rassembla dans un antre impénétrable au jour,
Tous les fléaux divers qui composent sa cour;
Là vont se réunir la stupide Ignorance,
La Fraude aux yeux menteurs, l'horrible Intolérance
Fille du Fanatisme, et qu'on voit aujourd'hui
Froide dans ses fureurs souvent marcher sans lui;
L'Usure au cœur d'airain, et sa sœur l'Avarice,
La douce Hypocrisie, épouvantable vice
Qui s'enlaidit des traits qu'il emprunte aux Vertus,
Et mille autres encore en tumulte accourus,
Peuplent en un instant cette cour souterraine.

Description. — Discours de la Barbarie :

. . . . O sœurs toujours chéries,
Et vous à me servir également zélés,
En quel lieu mes amis vous ai-je rassemblés!
Vous qui, rois de la France, avez pendant deux lustres
Brillé sous mon empire aux rangs les plus illustres, *etc.*

Plusieurs réponses au discours ; celle de l'Ignorance
est très bien motivée.

C'est par les fondemens qu'on sape mon empire!....
L'instruction renaît : en de plus heureux jours
Je crus avoir fermé son temple pour toujours;
Au silence, à l'exil, je l'avais condamnée,
Et son dernier refuge était le Prytanée;
J'espérais bien qu'un jour il serait son tombeau.
Là d'infidèles mains conservant son flambeau,
L'alimentaient en fraude ; et dans plus d'un lycée
Sa féconde lueur qu'on croyait éclipsée,
Ainsi se communique, et circule et s'accroît.
Que dis-je ! d'infortune ô funeste surcroît !
Dans l'éternelle nuit pour me faire descendre,
On prétend que bientôt renaîtra de sa cendre
Le corps académique autrefois si fameux,
Cette fille des rois qui périt avec eux !
Si *ce malheur* arrive, il n'est plus d'espérance,
Plus de salut pour nous, plus de retour en France, *etc.*

L'Hypocrisie interrompt sa digne sœur :

Tant que Napoléon règnera, c'est folie
Que d'espérer le sceptre à nos mains arraché, *etc.*

Conspiration contre la *Raison,* qu'on veut flétrir du
nom de *Philosophie* (1). — J.-J. Rousseau, Vol-

---

(1) Depuis quel temps, Messieurs, ces deux illustres sœurs
ont-elles pu être séparées?

taire, et tous les *malheureux* qui ont lu ces grands
hommes, déclarés coupables au premier chef.

. . . . L'infernal auditoire
A ces mots ne répond que par des cris confus :
C'est lui ! nous l'adoptons ! *Vivat* Folliculus !
. . . .

Il n'a pas un ami, donc rien à ménager ;
Mort au plaisir, il vit pour boire et pour manger :
Que ne fera-t-il point pour manger et pour boire!.....

Choix de collaborateurs.

. . . . Folliculus n'a pas assez d'épaules
Pour porter seul le poids dont on veut le charger :
Le profit, les périls, il faut tout partager.
. . . .

J'en offre un, dit l'Orgueil. — Moi j'en fournirai deux,
Cria la Faim. — Moi trois, dit la Fainéantise.
Je les garantis tous, ajouta la Sottise.

Il était nuit : Morphée

Prodiguait ses faveurs à tous les animaux.....
Même à Folliculus, *etc.*

Rêve de M. Geoffroi. — Fréron lui apparaît. — Discours de Fréron. — Observation de Mme Geoffroi, qui cependant, sous le nom de dame Follicula, se résigne à porter la dentelle. — Arrivée, dans le grenier (1) de M. Geoffroi, d'une bande aguerrie

De valets écrivains comme lui bien famés,
Comme lui prompts à mordre et non moins affamés.

---

(1) . . . . Ou, si vous l'aimez mieux,
Dans un appartement le plus voisin des cieux.

Félès, Saint-Victor (1), Dussault, Malte-Brun, Jondot, etc., etc. — Plan du journal. — Distribution des rôles. — Observation de Dussault, qui prétend rester anonyme.

. . . . Pour agir de la sorte,
J'ai, Messieurs, leur dit-il, une raison bien forte ;
Ce serait en donner la mesure au plus sot,
Au bas de mes écrits si je mettais *Dussault* ;
Ajoutez qu'aux partis j'ai fait toujours la figue ;
J'ai dit : *Vive le roi !* J'ai dit : *Vive la Ligue !*
Je dois cacher mon nom......

Composition. — Tirage du premier feuilleton. — Un second lui succède.

Qu'a dit Folliculus? — Que deux et deux font quatre.
C'est juste. Oh ! le grand homme !............
Son valet, qui jadis, applaudissant aux crimes,
Dans le sang tiède encor de quarante victimes (2)

---

(1) Pour bien connaître le mérite de M. Saint-Victor, que les siens ont donné comme le meilleur traducteur d'Anacréon, il faut lire l'ouvrage de M. J. É. Hardouin. Dans la glose, dans la prose latine, dans les vers latins, dans la prose française, dans les vers français ainsi que dans les notes de ce savant vieillard (78 ans), je reconnais le digne traducteur du chantre de Téos. Il est juste de dire que l'Anacréon de M. Saint-Victor est imprimé avec luxe, que l'édition en est fort jolie, et qu'en l'ouvrant je l'ai crue sortie des presses de Crapelet.

(2) L'auteur des vers suivans m'est inconnu. Ils sont de main de maître, disent bien tout ce qu'ils doivent dire, et je les cite à propos du valet de Folliculus.

Que lui reprochez-vous ? — Tous les maux de l'État,
De l'Empire français le vaste assassinat,
Sous un fer meurtrier la patrie expirante,
Dans la nuit des cachots la vertu gémissante,

Trempait en se jouant ses pinceaux délateurs,
Et d'un sarcasme impie égayait les lecteurs,
Dénonce les beaux-arts, leur impute, le traître !
Les maux qu'on leur a faits, qu'il conseilla peut-être.
En d'autres temps ainsi, l'on fit croire aux badauds,
Que les nobles brûlaient eux-mêmes leurs châteaux.

Et l'innocence en pleurs peuplant les échafauds,
Et tout le sang versé par la main des bourreaux.
Grands dieux ! ils sont encor présens à ma mémoire,
Ces temps qui rougiront les pages de l'histoire ;
Jours à jamais fatals, où la pâle terreur
Glaça tous les Français d'épouvante et d'horreur,
. . . .
On immole à la fois les enfans et les femmes ;
. . . .
En vain le malheureux s'adresse à tous les cœurs :
Dans des yeux desséchés trouverait-il des pleurs ?
Hélas ! il n'en est point pour la vertu proscrite :
Jusque sous le couteau la plainte est interdite ;
Les bourreaux en forfaits transforment un soupir. (*)
. . . .

Je saute trente vers ; je frémis d'horreur.

Alors tressaillant d'aise à cette horrible fête,
Sur ses doigts tout sanglans il compte chaque tête,
Et poussant dans les airs d'affreux rugissemens
Outrage la victime en ses derniers momens ;
Malesherbes, touchant à son heure dernière,
Dans les bras de la Gloire achevait sa carrière......
Qu'IL MEURE !... C'en est fait ! ce grand homme n'est plus !
La hache a fait tomber un siècle de vertus !

(*) . . . . *Gemitu sic quisque latenti*
Non ausus limuisse palàm ; vox nulla dolori
Credita............

LUCAN., Pharsal.

Tactique des rédacteurs.

Leur art est plus cruel, est plus perfide encore
Lorsqu'un jeune talent les menace d'éclore ;
Il se confie au jour, sans prôneurs, sans appui ;
Son ouvrage tout seul aurait parlé pour lui ;
Mais il faut qu'il soit lu, du moins : que fait Zoïle ?
D'un facile métier l'œuvre la plus facile ;
Il cite les *défauts* et pas une *beauté*.
. . . .
Il le condamne enfin sans daigner le connaître.
De l'écrivain fameux, de celui qui doit l'être,
Le Journaliste ainsi se joue impunément :
Il diffame s'il parle ; et s'il se tait il ment. (1)

Voltaire, Malesherbes insultés. — Les arts, les lettres, la science décriés.

Mais pour sa propre gloire, et pour notre bonheur,
Napoléon connaît le véritable honneur ;
Il sait bien qu'un héros ne vaut pas un grand homme ;
Qu'entre les souverains les premiers que l'on nomme
C'est Périclès, Auguste, et Louis et Léon ;
Que rien aux conquérans ne survit, que leur nom ;
Et que le seul génie au temple de mémoire
Classe les immortels avoués par la gloire.

———————————

(1) Feu Luce aimait beaucoup ce vers ; on le lui a souvent entendu réciter, et avec enthousiasme, au café Hardi. C'est ainsi qu'à Rome, en présence d'Horace, de Mécène, de Tucca, de Pollion et de Gallus, Virgile qui, plus d'une fois, quoi qu'en disent certaines gens, trempa sa plume dans le fiel de la satire, s'amusait à citer le fameux :

Qui Bavium non odit, amet tua carmina Mævi !

Le *sic vos non vobis* dirigé contre Bathille peut s'appliquer à M. Étienne, qui dans *une Journée à Paris* a volé Charleval.

A la postérité quelle voix redira
Et tout ce qu'il a fait, et tout ce qu'il fera ?
Est-ce ton Feuilleton, mémorial infâme,
Où la censure honore, où l'éloge diffame ?
Est-ce ton Feuilleton où, flatteur débonté,
Exaltant les combats qu'on livre à la Cité (1),
Tu vois Napoléon, sa tactique sublime,
Dans les guerriers assauts d'un ballet pantomime,
Où l'erreur de tes sens stupidement émus
Nous transforme en héros les soldats de Momus ?
Est-ce ton Feuilleton où ta plume vénale,
Sur la même colonne et d'une emphase égale,
Vante Napoléon (qui sans doute en a ri)
Un peu plus que Duport, un peu moins que Henri ?
Crois-moi, pour bien louer il faut une âme pure,
Un esprit délicat : reviens à ta nature ;
Mords et ne flatte point. Quand de ton encensoir
Tu poursuis un héros, je ris, et je crois voir
Cet âne qui, plus franc et moins lourdaud peut-être,
Porte une corne usée au menton de son maître.

Mᵐᵉ Follicula, marchande à la toilette. — Acteurs, actrices, directeurs de spectacles tremblans au seul nom de Geoffroi. — Cadeaux pleuvent de tous côtés chez le grand Mufti des feuilletons ;

C'est que l'argent est tout : point d'argent, point d'éloge.

Anecdote ; le trait est trop plaisant pour ne pas l'imprimer. (2)

— Voilà Folliculus ! — Qui ? moi, Monsieur ! —Vous-même.
— Vous vous trompez. — Pour vous ma joie en est extrême ;

---

(1) Ancien théâtre, place du palais de Justice, aujourd'hui le *Prado*.

(2) Le Journal de Paris assure que naguère Oreste en personne est apparu à M. Geoffroy dans une loge du Théâtre-Français, illicitement occupée par ce détracteur de tous les talens.

J'allais dans mon erreur..... Avouez-le au surplus,
C'est un vilain monsieur que ce Folliculus.
— Oui, Monsieur. —Un Tartufe. —Oh ! oui, Monsieur.—Un drôle
Qu'on fait pour dix écus dix fois changer de rôle ;
Un vrai polichinelle. — Oui, Monsieur. — Un pédant,
Qui sur les sots a pris un immense ascendant.
— Oui, Monsieur. — Avouez qu'à bon droit sur sa joue
J'appliquerais ici vingt soufflets. — Je l'avoue.
— Vous croyez ? — Oui, Monsieur. — En ce cas, de ma part
Portez-lui cet à-compte. — Il dit, et le coup part :
Hormis Folliculus, tous éclatent de rire.

M. Geoffroi et l'habitant de Brive-la-Gaillarde. —
Aventure tragi-comique. — Dame Follicula verse
sur l'omoplate maritale des flots d'une huile bal-
samique. — Guérison de M. Geoffroi. — L'Hébé
de M. Geoffroi. — Scandale. — M. Geoffroi, ennemi
des procès. — M. Morellet déchiré.

. . . . Morellet récemment décoré
Du signe glorieux, parure du mérite,
Morellet, défenseur de la vertu proscrite,
Quand lui-même il était sous le fer des tyrans !.....

Injustice de M. Geoffroi et de ses suppôts.

Quoi ! des grimauds à peine échappés de l'école,
Des spadassins de plume, impudens détracteurs,
Pourront vous dire aux yeux de cent mille lecteurs,
Ce que même un ami ne vous dit point en face,
. . . .
Attaquez mes écrits, je vous les abandonne ;
Mais en les déchirant respectez ma personne.
Songez, docteurs si fiers d'un pouvoir usurpé,
Que le goût le plus sûr quelquefois s'est trompé ;
Et si ma prose endort, ou si mon vers assomme,
Dites : *le sot auteur !* et non pas : *le sot homme !*

Dussault injurie Chénier. — Chénier se fâche.

Un cartel suit l'insulte. O message maudit !
Dussault aurait voulu n'avoir jamais écrit.

L'amitié parle. — Le punch se colore d'une couleur bleuâtre. — Les rasades opèrent. — Dussault jure d'être brave. — Tout l'alphabet des collaborateurs s'assemble en tumulte. — Débats dans le *Journal des Débats.*

De quoi s'avise-t-il de montrer du courage !
Dit l'un ; il nous perd tous : dès qu'on va le savoir
Sur nous de tous côtés les cartels vont pleuvoir,
Et si contre le fer notre plume proteste ,
On nous opposera cet exemple funeste.

L'exemple ne fait rien pour Felès : *à sanguine ,* dit-il , *semper ecclesia abhorret.*

. . . . Et cette circonstance
Lui fait de son état connaître l'importance.
Folliculus s'explique encor plus clairement.

Dussault dépose le bilan de son honneur, et vole rejoindre , à Fontainebleau , Chénier, qui l'attend à Boulogne. — Réflexions. — Narrations. — *Projet de canevas* de changement de conduite.——Geoffroi, pour de l'argent, promet de ne plus mentir.

Mes amis, leur dit-il, un vent plus favorable
Pour la philosophie a soufflé ; c'est fort bien ;
Qu'on me paie, et demain, moi j'en dirai du bien,
Moi *Geoffroi !*....

Eloge de S. M. l'Empereur. — Fin du poëme, si j'ai bonne mémoire.

. . . . Devançant l'agile Renommée,
Le bronze pacifique à la Seine charmée
Du héros de la France annonce le retour :
Il s'avance ; il paraît : comme aux rayons du jour

On voit la nuit s'enfuir et replier ses ombres,
Telle la Barbarie en ses cavernes sombres
Se plonge; le Talent renaît, et la Raison
Sur le trône s'assied avec Napoléon.

Hé bien! M. Damaze de Rodomont, ces fragmens
sont-ils au-dessous de la réputation et du caractère
de l'auteur d'Hector?

FOLLICULI,

OU

LES FAISEURS DE RÉPUTATIONS.

MAJESTÉ de l'histoire, combien vous êtes respectable ! vérité de l'histoire, combien vous êtes utile ! grâce à vous, Spartacus et Crassus ne sont point de vains noms !

La guerre des esclaves contre les maîtres est annoncée dans le *Journal de l'Empire* (1) : majesté de l'histoire, combien vous êtes respectable ! sans vous Spartacus et Crassus seraient ignorés, et M. Damaze de Rodomont n'aurait jamais parlé de la guerre des esclaves contre les maîtres. Vérité de l'histoire, combien vous êtes utile ! vous méritez des autels.

---

(1) Des esclaves en France ! Le trait est neuf ; celui-là certes n'est point renouvelé des Grecs. Le Français ne connaît que deux maîtres, ceux dont les noms décorent la monnaie nationale, DIEU et l'EMPEREUR ; le reste doit être respecté, s'il est juste et bon ; s'il ne l'est pas, le mépris public l'attend et les lois le punissent.

Un déluge de brochures, de pamphlets, d'épi-
grammes (1) et de poëmes menace d'une ruine
prochaine, ruine qu'il a méritée, le *Journal de
l'Empire ;* (2) tout l'arrière-ban des lettres est
déchaîné, et plus d'une puissance se trouve com-
promise.

Colosse aux pieds d'argile, puissance née de la
poussière d'antiques cartons, articles *neufs* volés
dans *l'Année Littéraire* et dans le *Journal de
Bouillon,* la Vérité paraît : elle parle ; vous avez été.
Voilà ce que devait dire M. Damaze de Rodomont ; Damaze de Rodomont, le redresseur, le fabri-
cateur de torts, l'ami, l'ennemi de la vérité. Le
beau rôle !... M. Damaze de Rodomont, une querelle entre Dussault et vous devient inévitable ; vous
usurpez son emploi. (3)

---

(1) Sur l'habit de M. Etienne, *de velours*, le jour de son
intrusion à l'Académie française, classe actuelle des trente-neuf.

> Dans le beau siècle où nous vivons
> Je sais qu'il faut de la parure ;
> Aux femmes dentelles, pompons ;
> A l'homme élégante tournure ;
> Mais, pour vous le dire en un mot,
> D'Etienne en voyant l'encolure,
> Croyez que sur le corps d'un sot
> Le tailleur a pris sa mesure.   A. J.-B. Bouvet.

(2) Puissé-je en être le témoin, et y avoir contribué !...

(3) M. Damaze de Rodomont est instruit ; il a lu Sylvain
Maréchal ; les portraits de Pierre-le-Grand et de Catherine
rappellent un ouvrage imprimé chez Buisson. Je suis loin d'a-
vancer, comme on voit, que l'esprit de M. Damaze de Rodomont
n'appartienne qu'à lui.

Cependant l'horizon littéraire s'obscurcit, la foudre gronde, l'éclair sillonne l'atmosphère, l'étendard de la guerre est déployé, tout s'émeut, tout s'irrite; la jeunesse impétueuse fait éclater ses transports, les champions sont en présence :

« La terre tremblante
« Frémit de terreur;
« L'onde turbulente
« Mugit de fureur;
« La lune sanglante
« Recule d'horreur, »

et des flots d'encre inondent impunément la feuille innocente qui les reçoit.

O temps ! ô mœurs ! ô crime imprévu !...

L'injustice à la fin produit l'indépendance!...

comme l'a dit *scandaleusement* ce Voltaire de méchante mémoire ; ce Voltaire que s'obstinent encore à trouver bon tous les honnêtes gens.

« La nuit couvrait la terre, et le dieu du repos
» Sur tout ce qui respire épanchait ses pavots, »

lorsque indigné d'un songe qui me rappelait toutes les turpitudes du pamphlet empirique (1), je me lève, traverse le Pont-Neuf et m'arrête

« Près du sacré parvis où les vrais catholiques
« Du pontife d'Auxerre honorent les reliques. »

Résolu de pénétrer dans l'antre de Cacus, et d'en

----

(1) Je sépare l'or pur du plomb vil, et M. Boissonnade n'est pour rien dans toute cette affaire. M. Boissonnade m'a

examiner l'intérieur, je frappe : on m'ouvre; il était quatre heures du matin.

Fatigués de tirer le barreau, quelques imprimeurs démontaient leurs balles; d'autres, plus paresseux ou plus insouciants, les ramoitissaient, et la feuille *quotidienne*, qui désormais paraîtra *tous les jours* (1), était livrée à l'ébène du plioir. Tout est noir dans le *Journal de l'Empire*. Je crains bien d'avoir *volontairement* fait un calembour à propos de gens qui *volontairement* aussi font plus que des calembredaines (2).

---

attaqué dans le temps; je lui ai peut-être trop victorieusement répondu; c'est mon plus vif chagrin. Je ne l'aurais jamais fait sans doute si j'eusse connu l'homme dont vingt lettres signées m'ont fait apprécier l'honnêteté, la délicatesse et le mérite.

(1) Elle a paru le jour de Pâques dernier, ainsi que la Gazette de France, au grand étonnement de tout le monde. Les rédacteurs de ces deux feuilles, avant cette époque, avaient coutume de prévenir le public que leur journal ne paraîtrait pas à cause de la solennité de telle ou telle fête. Je fis sur celle de Noël 1811 le quatrain suivant :

> *Nascitur ecce Deus!... Natum celebrare recusant*
> *Francorum Annales, Imperiique Liber :*
> *Gens pia Francorum, fictis ne crede libellis!...*
> *Impia plebs nummos ponit et antè Deum.*

Je n'ai jamais pu voir de bon œil que, sous prétexte de dévotion, on trompât le public dans la seule vue d'épargner des journées d'ouvriers, et principalement le papier timbré.

(2) Un scandale public a été causé dans le Journal de l'Empire du mardi 10 novembre 1812, et ce n'est pas la première fois, par M. Malte-Brun. Cet artiste-géographe, né en Danemarck, se mêle de connaître l'histoire, et surtout l'histoire de

Que ce serait bien ici la place d'une description ! jamais peut-être plus belle occasion ne s'est présentée de peindre l'entrée d'une caverne : les ama-

---

France dans le dix-huitième siècle ; il ose même être tranchant dans ses assertions.

D'abord M. Malte-Brun parle de sa conscience (je confesse que cette conscience de M. Malte-Brun m'a fait rire, mais d'un rire inextinguible) à propos de M. Lacretelle et du libraire Buisson, éditeur de ses plagiats géographiques , et du roman historique de M. Lacretelle. J'appelle roman tout ce qui n'est pas histoire, comme j'appelle histoire tout ce qui n'est pas roman.

Maintenant, que les *compères* * sont connus, abordons la question.

Quel que soit le talent de M. Lacretelle , ce talent, je le de-

* A propos de *compères*, je ne puis m'empêcher de citer un fragment qui prouve jusqu'à l'évidence que la coterie de M. Etienne s'e st soumis la critique et même *la censure.*

Echantillon de style prosaïque du censeur d'Avrigny.

Dans sa seconde lettre du 29 juillet 1812 (la première est du 23 du même mois) l'impartial censeur s'exprime en ces termes : « Les retards dont se « plaint M. Bouvet ne me concernent point; je n'ai plus rien à faire pour « la publication de son poëme. MM. Etienne et Lacretelle *sont mes amis.* « Quant à M. Dussault, je lui dois de la reconnaissance pour la manière « *trop flatteuse* (quelle modestie!) do nt il a bien voulu parler de mes « *faibles* ouvrages dans le *Journal de l'Empire.*

« J'ai l'honneur de saluer M. Bouvet. »

Signé D'AVRIGNY.

Je remercie M. d'Avrigny de la maladresse qu'il a eue de m'instruire de ses liaisons avec MM. Etienne et Lacretelle, et surtout, ce que je ne lui demandais pas, de sa reconnaissance pour M. Dussault. A l'époque de cette lettre M. d'Avrigny, accompagné de M. Etienne, alla vérifier dans les cartons du secrétariat de l'Institut si j'avais réellement envoyé au concours l'éloge de Goffin. Je m'abstiens de toutes réflexions sur cette étrange conduite d'un *censeur impérial.* J'ai ri de sa bienveillance pour son ami, de leur démarche commune, et d'une grosse *bétise* échappée à M. Etienne

teurs pourront se satisfaire, s'ils le jugent à propos,
en grec avec Homère, en latin avec Ovide et Vir-

---

mande, l'emporte-t-il sur celui de Voltaire, le seul en France
qui ait su puiser à pleines mains dans tous les trésors de la nature ?
et dans quel genre encore M. Malte-Brun ose-t-il donner sur Vol-

dans un lieu où il devait être aussi étonné de se trouver, que le fut sous
Louis XIV certain doge de se voir à Versailles.

Puisque j'en suis sur le chapitre des compères, continuons ; je veux en
finir une fois pour toutes avec eux, et ne plus perdre à me moquer de leurs
petites intrigues un temps que je puis plus utilement employer.

Le 23 novembre 1812, jour de l'enterrement de M. Mac-Dermott, je
reçus un billet d'invitation de la part de ses légataires universels ; ne pou-
vant assister aux funérailles d'un homme de bien qui m'honora de son estime, je voulus au moins jeter quelques fleurs sur sa tombe, et j'improvisai
des vers latins que j'adressai avec une lettre au Journal de Paris.

Je croyais M. Jay, son rédacteur en chef, étranger à toute coterie ; mais
je me suis trompé dans l'idée que je m'étais formée de l'auteur du Tableau
littéraire de la France au dix-huitième siècle, et de l'Éloge de Montaigne.
D'abord ma copie était égarée ; on m'en a demandé une autre ; je l'ai four-
nie. La notice nécrologique de M. Mac-Dermott fut faite avec ma lettre,
et mes vers ne furent pas imprimés. Je demandai la cause de cet oubli, et
M. Jay me répondit qu'il ne tenait qu'à moi qu'ils le fussent, mais qu'ils ne
seraient signés que des lettres initiales de mes prénoms et nom. M. Jay me
prend-il pour un journaliste, et m'estimerait-il assez peu, comme je le lui
ai dit, pour croire que je souffrirais une pareille injure ? Je ne connais ni
M. Amauri-Duval, rédacteur en chef du Mercure (le Journal bleu), ni ses
titres à la gloire, mais je puis lui faire le même reproche qu'à M. Jay.

SUR LA MORT DE M. PATRICE MAC-DERMOTT.

Mors, ærumnarum requies, mala cuncta resolvit,
  (*) Cæsar ais; Crispo nempè adhibenda fides :
Sed quem perdidimus, doctrinæ pondere fractus,
  Doctrinæ pretium nobile dignus habet.
O pueri! patrio si vos dilexit amore,
  Exstinctum longo funere flete Virum!...
Flebilis occubuit studii morumque magister :
  Crudeli hunc raptum funere flete Viri!...

A. J.-B. BOUVET.

(*) Cæsar apud Sallustium, in Catilinâ.

gile, en français avec Fénélon ; je les renvoie à
ces auteurs pour avoir plutôt fait.

Vingt fois mon pied a glissé sur l'impur et humide

---

taire la prééminence à M. Lacretelle ? dans le genre historique.
Quel blasphême !

> Exterminez, grand Dieu ! de la terre où nous sommes,
> Le Scythe Malte-Brun outrageant nos grands hommes ! *

Quoi ! Charles XII, justement regardé comme un chef-d'œuvre ;
Charles XII, déclaré classique, serait au-dessous de *rapsodies*
que M. Lacretelle aura copiées ou fait copier dans les mémoires
du temps ! Le beau titre pour se croire un Thucydide ou un Hérodote, quoique Hérodote admît souvent, et sans les examiner, les
pièces qu'on lui fournissait !

Un roi ne ment jamais, a dit La Fontaine d'après un ancien ;
et certes la lettre de Stanislas prouvant la véracité de l'historien
du roi de Suède, je dis plus, la beauté, l'élégance de style du
Quinte-Curce français, me semble un titre bien plus grand, bien
plus auguste, bien plus authentique, bien plus péremptoire
enfin que le témoignage de M. Malte-Brun, qui dit effronté-
ment à l'Europe entière : « M. Lacretelle a terrassé Voltaire,
« et l'histoire du dix-huitième siècle (qui n'est pas terminée) est
« un chef-d'œuvre ». Que ces Messieurs connaissent bien l'art de
travailler leurs succès ! On voit qu'ils ont lu le *de Arte parandæ*
famæ du jésuite Commire.

---

* On peut appliquer à M. Malte-Brun ces jolis vers du membre de l'Institut qui sur la tombe de Chénier fit l'éloge de ce digne académicien, de
ce poëte excellent, outragé tant de fois et avec si peu de raison dans le
Journal de l'Empire.

L'arbre exotique et l'arbre indigène.

— Tandis qu'en vain cet arbre utile
Attend l'eau dont il a besoin,
Pourquoi prenez-vous tant de soin
De cet arbre *ingrat* et stérile ?
— Mon ami, c'est qu'il vient de loin.

A. V. ARNAULT, liv. 4, fab. 7, p. 102.

escalier qui conduit à une chambre obscure située
à droite, et où quatre presses *distillent* chaque
nuit le poison qui mine lentement la littérature, les
sciences et les arts, et qui finirait par ramener la
barbarie si la justice et l'honneur national ne di-
saient enfin : *Barbarie, ton règne est passé !*
ignorance, tu n'es plus ! fraude, mensonge,
hypocrisie, vous êtes dévoilés !

. . . . . . La raison au camp de Varsovie
A suivi Bonaparte; et lorsque ce génie,
Habile à tout prévoir et prompt à tout oser,
Dans sa tente un moment venait se reposer,
Du récit de nos maux troublant sa solitude,
Elle lui dénonçait la triste servitude
Qui dans la France libre accablait les beaux arts.
— Mon fils, lui disait-elle, au milieu des hasards
Quand tu cours assurer le bonheur de la France,
Des pédans, dont l'orgueil surpasse l'ignorance,
Osent sur la pensée usurper un pouvoir
Que toi-même n'as point, que tu ne peux avoir ;
Quiconque a du talent passe pour hérétique,
Et l'on n'est point chrétien si l'on n'est fanatique !...
Hypocrites flatteurs de ton autorité,
Du culte et du pouvoir ils prêchent l'unité,
Et voyant pour fonder leur double intolérance,
Dans eux seuls les chrétiens, l'univers dans la France,
Leurs vœux du monde entier te font l'unique roi,
Dans le coupable espoir de l'être plus que toi.
—Peu de mots, peu d'instans suffisent au génie;
Il voit le bien, le fait. — A la philosophie,
Qui n'est point l'athéisme, en feignant d'insulter,
C'est la raison, dit-il, qu'on veut persécuter.
—Hé bien! il faut lui rendre un éclatant hommage!..

Quelle est dans cet angle, et éclairée d'une lumière tremblante, cette figure connue? C'est lui....
— Qui t'amène si matin? dans une heure encore il ne fera pas jour. Je le parie, tu viens pour cette lettre de Buisson, (1) écrite par Malte-Brun; car, entre nous, Buisson ne sait pas écrire, et Malte-Brun

---

Provins, 28 août 1812.

Au Rédacteur du Journal de l'Empire.

(1) On m'apporte à l'instant le Journal de l'Empire qui contient des lettres signées du libraire Buisson et de M. Brunot-Labbe. M. Brunot-Labbe a mon estime.

Au fait. Je m'adresse à Buisson et je lui dis : Vous mentez au public quand vous me présentez comme instituteur; le titre de mon éloge de Goffin porte mes seuls prénoms et nom; je n'ai point indiqué M. Brunot-Labbe comme libraire de l'Université, mais bien, ainsi qu'on peut s'en convaincre en lisant le grand titre de l'ouvrage, comme libraire, quai des Augustins. La tactique de Buisson est digne de la plume *exercée* et *connue* qui a écrit sa lettre. Il est déplorable d'avoir à répondre à de pareils adversaires. Hé quoi! c'est le libraire Buisson qui prétend verser le ridicule sur la plus noble des professions! Oui, je suis instituteur, et j'en fais gloire; je suis l'ennemi des charlatans, des voleurs littéraires, des usurpateurs de réputation, et j'en fais gloire encore. O Destouches! que tu l'as dit avec vérité:

La critique est aisée et l'art est difficile,

puisque je suis critiqué par le libraire Buisson!

M. Buisson, avant de signer une lettre que vous ne pourriez écrire, vous auriez dû, ce me semble, lire mon opuscule, et voir dans les notes qu'il existe plus d'un vers fait à dessein; il faut de la pâture pour ceux qui vous ressemblent : *Viles pulli, nati infelicibus ovis!* Conspirateurs littéraires fusillés par l'opinion publique!...

J'ai trop d'élévation dans l'âme pour calomnier personne. Je

sort de la même école. — Oui; et tu l'as imprimée!
— Ah! ne m'en parle pas; vingt fois sur les che-

---

n'ai point calomnié M. Lacretelle jeune, et si je l'ai calomnié,
les moyens de repousser la calomnie et d'obtenir une répara-
tion d'honneur, et même *une affiche*, doivent lui être connus; *les murs du Palais de Justice redisent encore aux
passans l'*affaire Saint-Légier.

Les lois de mon pays je les respecte; mon sang coulait
pour elles lors de leur sanction; la preuve de ce que j'avance
existe aux archives de l'Empire.

J'ai senti toutes vos allusions; mais sachez, une fois pour
toutes, car quel honneur à lutter contre vous, faussaire bé-
névole et intéressé! sachez que si j'eusse signé Bouvet, *instituteur*, avant d'imprimer, j'aurais, aux termes du décret impérial, envoyé mon manuscrit à l'Université. Simple citoyen,
je l'ai envoyé à la Direction générale de l'imprimerie et de
la librairie, qui l'a fait annoncer dans son journal officiel: je
n'ai rien à me reprocher; donc rien à craindre.

M. le Rédacteur, j'ose croire que l'insertion de ma lettre
dans votre journal, en détruisant et mettant à *néant* le *faux*
articulé par le libraire Buisson, terminera enfin la longue
querelle qui n'eût point existé si d'abord l'on ne m'eût point
calomnié, et surtout si l'on eût imprimé dans le temps de
bien justes et bien légitimes réclamations; je me rendrai alors
au vœu que m'exprima, dans sa dernière lettre, un de vos plus
estimables collaborateurs, M. Boissonnade.

J'ai l'honneur de vous saluer.   A. J.-B. Bouvet.

P. S. Ce n'est point comme professeur, mais comme historien, que j'ai attaqué M. Lacretelle jeune.

Admirez maintenant la bonne foi du Journal de l'Empire!
cette lettre n'a pas été imprimée. Les rédacteurs de cette feuille
n'ont donc ni pudeur, ni honneur, ni conscience: je le croyais
autrefois; maintenant j'en suis persuadé : ils savent cependant
qu'un déni de justice est un crime en littérature.

villes les balles ont tremblé, les clous ont disparu...

« On dit qu'on a vu même en ce désordre affreux... »

Bref, je ne sais comment le journal a été achevé.
Sérieusement tu n'as pas coutume de te lever si
matin. Que veux-tu? — Voir l'intérieur du sénat
empirique. — Rien de plus facile, mon ami; les
clefs sont à toutes les portes. Entrons. Quelle surprise
est la tienne! aurais-tu oublié la position topogra-
phique de ce lieu? — Non; mais cette grille, ces
bureaux, ces tables, ces fauteuils redoublent mon
étonnement quand je les vois occuper la place de
cette presse où fut tiré le premier *Journal des Débats;* de ces casses où furent composés les premiers
feuilletons; de ce poêle enfin où fut cuit plus d'une
fois..... tu m'entends..... — Tout change; et pour
faire fortune il ne faut, tu le vois, que des dupes,
des oisifs, de bonnes gens bien crédules, des *compères,* et l'impression d'un journal. — Quelle est
cette chambre? — Ce n'est point une chambre; c'est
le cabinet du rédacteur en chef. — Du rédacteur
en chef! Peste! il a donc plus d'esprit que les autres
celui-là? Son nom? — Etienne. — Vraiment! — On
vous dit bons amis. — Ah! du dernier mieux! Si tu
savais comme j'aime les braves gens qui sont braves!
— Nous nous en sommes aperçu. — Quelles sont
ces brochures de toute grandeur, grosseur, couleur
et épaisseur, rangées par ordre sur cette table? —
Ce sont les exemplaires, *tribut d'usage,* envoyés
par les libraires pour être annoncés, et dont les auteurs seront déchirés à leur tour, et *sans être lus,*
suivant les *us* et coutumes de cet endroit (1).

---

(1) *Aspicies illic positos ex ordine fratres*
   Quos studium cunctos evigilavit idem. Ovid.

J'étais content de mon guide; et, tandis qu'il me parlait, je considérais avec attention ses yeux, son air et toute sa personne.

Quel plaisir de te voir et de te reconnaître,

lui dis-je; le son de ta voix, les traits de ton visage me rappellent ce temps où non loin du théâtre, antique gloire des Préville et des Molé, un épicier, escomptant le génie, s'était fait l'éditeur des *Ecoles Normales,* ouvrage si bien fait, si mal imprimé, encore plus mal payé; mais brisons là-dessus,

Mens meminisse horret, luctuque refugit,

et conduis-moi dans le sanctuaire auguste où chaque lundi, (1) à trois heures précises, s'assemble le sénat empirique.

Mon guide a fait deux pas : la porte s'ouvre; nous sommes entrés. Par respect j'ôtai mon chapeau, non pour la sainteté du lieu, (j'eusse mérité la mort) mais pour la mémoire de tant d'hommes illustres si lâchement outragés dans la *Chronique de Paris,* dans *l'Orateur du Peuple,* dans le *Journal de Perlet,* dans celui *des Débats;* les ombres de Saron, de Lavoisier, et d'une foule d'autres personnages non moins célèbres, non moins dignes de l'être, semblaient errer autour de moi et pardonner à Dussault. Le pauvre homme !... je lui pardonne aussi.

----

(1) Vraiment c'est le lundi
Que pour s'assembler a choisi
Le sénat empirique ?...
Mon respect à la clique.

Dieux! quel cloaque infect! des miasmes putrides nous entourent! Tels sur les bords du Styx, de l'Averne, du Cocyte et de l'Achéron s'élèvent ces vapeurs épaisses qui portent dans l'âme la terreur la plus grande, et le regret profond d'être privé de la lumière du jour. Heureusement une toile, jadis neuve, tirée à propos, nous avertit que l'aurore va paraître, et que bientôt aussi il nous faudra déserter ce séjour habité par l'intrigue.

Le premier objet qui s'offre à mes regards est la statue d'Astrée, gisante aux pieds de sa base ébranlée : nul signe, nulle inscription qui retrace le nom des vertus; partout la fresque offre celui des vices.

Vous êtes étrangers et méconnus dans ce lieu, Justice, Equité, Bonne-Foi, Honneur, Amitié, Raison, Pudeur, Bonté, Vérité, Bonnes Mœurs, *Conscience* et *Restitution!*

Vous êtes accueillie, connue, respectée, salariée, et même familière dans ce lieu, nomenclature suivante, véritable ORDO des rédacteurs du N° 17 (1):

---

(1) En prose ainsi qu'en vers gouvernant le Parnasse,
Et tenant d'Apollon et le sceptre et la place,
Ils jugent les talens sans en avoir aucun.

. . . .
Ils ont à les entendre *infiniment* d'esprit....
Prions Dieu, mes amis, que le bon sens leur vienne!
. . . .
A leur clinquant on peut les reconnaître;
Car, entre nous, ces mauvais jeux de mots
Sont aujourd'hui la ressource des sots.

Ambition, Astuce, Plagiat (1), Hypocrisie, Lâcheté, Haine, Impudence, Méchanceté, Entêtement, Fourbe, Malice, Tromperie, Jugement téméraire, Erreur, Bavardage, Calomnie, Présomption, Ruse, Adresse, Ostentation, Licence, Fraude, Sottise, Adulation, Colère, Inimitié, Orgueil, Jactance, Discorde, Abus illicite d'un pouvoir plus illicite encore, Grossièreté, Injustice, Mensonge, Arro-

---

(1) ÉTIENNE. — *Un Jour à Paris*, opéra comique.

CHARLEVAL, *mort en* 1688.

<table>
<tr><td>CHARLEVAL.</td><td>ÉTIENNE.</td></tr>
<tr><td>Nous blâmons les ambitieux,</td><td>Ne soyons point ambitieux ;</td></tr>
<tr><td>Contens de l'état où nous sommes :</td><td>Restons toujours tels que nous sommes :</td></tr>
<tr><td>*La gloire est faite pour les dieux ;*</td><td>*La gloire est faite pour les dieux ;*</td></tr>
<tr><td>*Les plaisirs sont faits pour les hommes.*</td><td>*Les plaisirs sont faits pour les hommes.*</td></tr>
<tr><td>Le moyen de passer un jour</td><td>Amis, peut-on passer un jour</td></tr>
<tr><td>*Sans boire et sans faire l'amour !*</td><td>*Sans boire et sans faire l'amour !*</td></tr>
<tr><td></td><td></td></tr>
<tr><td>*Chers amis, buvons à longs traits !*</td><td>*Chers amis, buvons à longs traits !*</td></tr>
<tr><td>*Enivrons nos corps et nos âmes,*</td><td>*Enivrons nos corps et nos âmes,*</td></tr>
<tr><td>*Afin d'oublier nos procès,*</td><td>*Afin d'oublier nos procès,*</td></tr>
<tr><td>*Et les méchans tours de nos femmes !*</td><td>*Et les méchans tours de nos femmes !*</td></tr>
<tr><td>Pour se consoler il est bon</td><td>Amis, peut-on passer un jour</td></tr>
<tr><td>D'étourdir par fois sa raison.</td><td>Sans boire et sans faire l'amour ?</td></tr>
</table>

M. Etienne, la France n'est point aussi barbare que vous l'avez cru, et jamais la littérature n'a peut-être atteint un plus haut degré de splendeur ; rien dans notre belle patrie n'est dégénéré ; tout au contraire donne aux ridicules assertions de votre Journal de l'Empire le démenti le plus formel. Vous avez donc beaucoup compté sur l'insouciance ou sur la stupidité de vos contemporains pour croire qu'à la postérité seule était réservée la connaissance de vos nombreux plagiats ?...

gance, Injure, Dissimulation, Ignorance (1), Calembour, Flatterie, Perfidie, Malveillance, Vanité, Médisance, Malignité, Impertinence, Impunité, Vengeance! etc., etc., etc.

Que ce mot *vengeance* me fait de peine!... Je l'écris à regret. Mais, tout considéré, quels égards doit-on à des malheureux qui vivent de faux, de mensonge et de calomnie? J'ai toujours cru qu'élèves des Muses, les littérateurs devaient, sinon ignorer, au moins foudroyer l'intrigue; et, quand l'occasion s'en présente, ne point écraser l'insecte serait un crime; et Dieu sait si jamais envers ces messieurs j'ai eu l'intention d'être criminel! (2).

---

(1) Dans le *prospectus* de la collection des auteurs latins que doit publier M. Pankoucke, M. Etienne est annoncé comme devant faire (*lisez* FAIRE FAIRE) un discours sur les *comiques latins*. Cela sera d'autant plus *comique* que M. Etienne *ne sait pas le latin*. Aurait-il la prétention, cet usurpateur du trône académique, de croire que Plaute et Scipion, sous le nom de Térence, sont à comprendre plus faciles que Phèdre? On lit dans toutes les éditions du titre des *Deux Gendres*, à l'épigraphe tirée du troisième livre de Phèdre:

Neque enim notare singulos mens ET *mihi.*

Il faut *est.* Ce vers surtout, et la faute grossière qui le dépare, se fait remarquer dans les quatrième et cinquième éditions, avec ou sans préface, du *Conaxa* en cinq actes.

(2) *Avis.* — Les intéressés que je n'ai pas nommés, mais qui croiront pouvoir réclamer, comme ayant trait à eux, tout ou partie des nombreux substantifs ci-dessus *enfilés*, auront droit, en se faisant connaître, justifiant de leurs titres, et donnant un

reçu, à une remise honnête et proportionnée aux augustes fonctions qu'ils exercent dans le Journal de l'Empire, à qui maintenant je pardonne volontiers et de bon cœur tout le mal qu'il a voulu me faire.

Admonere voluimus, non lædere: consulere moribus hominum, non officere.

ERASM.

FIN.